AN LOCH DRAÍOCHTA

JANE MITCHELL

a scríobh agus a mhaisigh

Oiriúnach do pháistí
ó 7 go 10 mbliana d'aois

AN GÚM

Fadó, fadó, bhí baile beag in Éirinn. Ní raibh aon uisce ag na daoine a bhí ina gcónaí sa bhaile sin. Bhíodh tart mór orthu go léir ach bhí an abhainn tirim agus ní raibh scamall ar bith sa spéir.

Lá amháin, chuaigh buachaill go dtí Cnoc na Sí.
D'iarr sé ar na sióga uisce a thabhairt do mhuintir
an bhaile. D'éist na sióga leis.

'Téigh go dtí an cnoc beag in aice an bhaile,' ar siad. 'Bain an crann mór marbh atá ansin as an talamh. Cuir clocha móra timpeall an phoill. Déan clúdach de phíosa adhmaid ón gcrann agus cuir ar an bpoll é.'

Chuaigh an buachaill go dtí an cnoc beag. Bhain sé an crann mór marbh a bhí ansin as an talamh agus chuir sé clocha móra timpeall an phoill. Rinne sé clúdach de phíosa adhmaid ón gcrann agus chuir sé ar an bpoll é.

Ansin, chuaigh sé ar ais go dtí na sióga.
'Nuair a bhaineann tú an clúdach den pholl,' ar siad, 'tiocfaidh uisce úr amach. Nuair a bheidh uisce ag gach duine cuir an clúdach ar ais ar an bpoll agus **ná déan dearmad de sin!**'

Chuaigh an buachaill go dtí an poll ar an gcnoc. Bhí muintir an bhaile ann freisin. Bhain an buachaill an clúdach den pholl agus tháinig uisce úr amach. Chuir sé an clúdach ar ais ar an bpoll agus stad an t-uisce.

Bhí an-áthas ar gach duine mar bhí tobar acu anois – tobar a mbeadh neart uisce ann i gcónaí. Agus an t-uisce féin bhí sé glan agus fuar agus deas le hól. Bhí muintir an bhaile an-sásta.

Oíche amháin, tháinig tart ar chailín nuair a bhí sí sa leaba.

'Rachaidh mé go dtí an tobar agus gheobhaidh mé cupán uisce agus ansin tiocfaidh mé ar ais go dtí mo leaba,' ar sise.

Fuair sí cupán agus chuaigh sí amach. Bhain sí an clúdach den tobar agus tháinig uisce úr amach. D'ól sí an t-uisce agus chuaigh sí ar ais sa leaba. Ach níor chuir sí an clúdach ar ais ar an tobar – **rinne sí dearmad de!**

An oíche sin tháinig na sióga amach ag déanamh spóirt. Chonaic siad an tobar gan chlúdach agus an t-uisce úr ag teacht amach. Chuaigh siad go dtí an Rí.

'A Rí, níor chuir an cailín sin an clúdach ar ais ar an tobar,' ar siad. 'Tá an t-uisce go léir ag teacht amach anois!'

'Ní féidir liomsa aon rud a dhéanamh,' arsa an Rí. 'Dúirt mé leo an clúdach a chur ar ais agus níor chuir.'

Tháinig an t-uisce amach ar feadh na hoíche gan stad. Chlúdaigh sé sráideanna an bhaile agus chuaigh sé isteach sna tithe. Rith na daoine go léir amach as na tithe agus suas leo ar na cnoic timpeall na háite. D'fhéach siad síos ar an mbaile.

Ar maidin, bhí an baile go léir imithe ach bhí loch mór nua san áit. Tá an loch ann fós agus tá an baile faoin uisce fuar. Gach oíche, bíonn na sióga amuigh ag déanamh spóirt ar an loch. Téigh ansin oíche éigin agus b'fhéidir go bhfeicfidh tú iad!